Desrayes del. SCENE XII Bonvallet sc.

Madame du Hazard   Silvie

Ah! ah! je vous y prends, ma belle Damoiselle, | Oui mais quand vous saurez que c'est une surprise
Pour le choix d'un Amant vous êtes très fidelle | Que mon cœur désavoue une telle entreprise,
Mais je vous aurai mise en tiers avant la fin du jour, | L'on ne me verra bientôt calmer votre courroux,
Je saurai comme il faut conjuger votre amour. | Et prendre amon égard un ton beaucoup plus doux.

A Paris chés Mr Fort md Autour du Drame rue St Martin vis à vis celle des Ménestriers.

LE MARIAGE

A LA MODE,

COMÉDIE EN UN ACTE,

ET EN VERS;

Par M. FARDEAU.

CINQUIEME ÉDITION,

Conforme à la Représentation.

Le goût de ce Pays n'a rien que de futile,
En defirs fuperflus l'on eft toujours fertile.

Scène XVI.

A PARIS,

Chez L'AUTEUR, rue Saint-Martin, vis-à vis
la rue des Méneftriers.

M. DCC. LXXVIII.

Avec Approbation & Permiffion.

PERSONNAGES.

M. DE LA FORET, *Amant de Silvie.*

CLITANDRE, *Rival de la Foret.*

MERLIN, *Valet de Clitandre.*

M. MONTDOR , *Oncle de la Foret.*

LA FLEUR , *Valet de M. de la Foret.*

M. DU HAZARD, *Bourgeois de Paris.*

Madame DU HAZARD.

SILVIE, *Fille de du Hazard.*

M. LESCOMPTEUR, *Ami de du Hazard.*

LISETTE, *Suivante de Silvie.*

M. GRIFFON, *Notaire.*

MARTEAU, *Orphévre.*

LA NOUVEAUTÉ, *Marchande de Modes.*

LE PORTIER *de M. du Hazard.*

LE MARIAGE
A LA MODE,
COMÉDIE EN UN ACTE
ET EN VERS.

SCENE PREMIERE.
DE LA FORET, LA FLEUR.
LA FLEUR.

QUEL diable de Pays, au prix de la Champagne !
J'aimerois beaucoup mieux être en Basse - Bretagne.
J'étois au cabaret pour me désennuyer,
Le croiriez-vous, Monsieur ? il a fallu payer
Le plus indigne vin que j'aie bû de ma vie,
Quinze sols la bouteille, & ce n'étoit que lie.
Que venez-vous chercher dans ce Pays maudit ?
En partant de chez-nous, on me l'avoit bien dir,
Qu'à Paris l'on ne voit que quelqu'un qui vous dupe,
Et sur-tout qu'on doit fuir tout ce qui porte jupe ;

A ij

Ne vaudroit-il pas mieux vivre dans un défert ?
Avant que d'être ici je donnois le concert.
Au milieu d'un repas , fans nulle inquiétude,
En buvant de bon vin , j'étois dans l'habitude
De diffiper l'ennui avec quelqu'air nouveau ;
Souffrez que j'en chante un fait pour certain cadeau ,
En donnant à ma voix une libre carrière ,
Je voudrois diffiper votre air fombre & févère.

Ici LA FLEUR *chante.*

LA FORET.

Le chant, dans ce moment, n'est pas bien de saison;
Il faut que, de Montdor, je trouve la maison;
C'est mon oncle, & je dois respecter son suffrage:
Car de lui seul depend mon futur mariage.
Mais je crois que c'est lui, j'applaudis à mon sort.

SCENE II.

DE LA FORET, MONTDOR,
LA FLEUR.

DE LA FORET.

Qu el plaisir de vous voir! quelle joie! quel transport!
Lorsqu'en vous saluant, je remarque un visage
Qui vous donne vingt ans au-dessous de votre âge;
Suivez bien cet avis sans jamais l'oublier;
Pour conserver ses jours, il faut tout employer;

Je ne puis apporter affez de vigilance
Pour vous marquer l'ardeur de ma reconnoiffance ,
Des bontés , des égards dont vous avez ufé ;
Toujours pour m'obliger vous êtes empreffé.

LA FLEUR.

Monfieur vous dit le vrai, & moi je vous l'affure ,
Le meilleur naturel eft peint fur fa figure ,
Il s'entretient de vous à chaque inftant du jour ,
Si vous vouliez , Monfieur , feconder fon amour.

LA FORET.

Que me confeillez - vous? L'affaire eft – elle bonne ?
Je fçais qu'en fait d'amour fouvent on nous friponne,
Nous autres Provinciaux ; mais , raillerie à part ,
Quel récit vous fait - on de Monfieur du Hafard ?

MONTDOR.

J'ai fouvent remarqué qu'en fait de mariage ,
L'on fe trouve attrapé quoique l'on foit fort fage :
Ce n'eft pas d'aujourd'hui que l'on voit en amour ,
Les hommes les plus fins fuccomber à leur tour ;
C'eft un de tes amis qui t'a mis dans la tête
Que l'on te ménageoit un parti fort honnête,
Et fans y réfléchir ni bien me confulter ,
Croyant ce qu'on t'a dit, tu voudrois débuter ;
Mais qui pourroit juger des gens à l'apparence?
Chez Monfieur du Hafard l'on fait grande dépenfe ,
Cela t'affure-t il que le parti foit bon ?
Sur ce fimple expofé, confulte ta raifon.

LA FLEUR.

Il peut se faire aussi que le bien corresponde,
Et que c'est le motif sur lequel on se fonde :
Quant à moi, sans avoir le don de deviner,
Je crois que c'est le point qu'il faut examiner.

LA FORET.

Tu parles sensément : cet avis qu'il nous donne
Me fait ressouvenir que par fois il raisonne ;
Et si vous m'en croyez, il faut, sans hésiter,
Chez Monsieur du Hasard aller nous présenter.

MONTDOR.

Vous voyez le logis : la Fleur, frappe à la porte.

SCENE III.

MONDOR, LA FORET, LA FLEUR, LE PORTIER DE M. DU HAZARD.

LA FLEUR, *frappe.*

LE PORTIER.

Qui va-là ?

LA FLEUR, *répond.*

Ami, ouvrez.

LE PORTIER.

Non. il n'eſt point d'amis, ou le diable m'empotte ;
Dites — moi votre nom.

LA FLEUR.

Je m'appelle la Fleur.

LE PORTIER.

Jamais je n'entendis parler de ce Seigneur.

LA FLEUR.

Je ne ſuis pas Seigneur , & ne vous en déplaiſe ,
Je ne viens point ici pour qu'on me cherche noiſe.
(*A part.*) C'eſt un original, ou je me trompe fort :
Ouvrez-moi, s'il vous plaît, c'eſt pour Monſieur Montdor.

LE PORTIER, *ouvrant ſa Porte.*

Ah ! que ne parliez-vous ? Je vous fais mille excuſes ;
Ne vous connoiſſant pas , je craignois quelques ruſes.

SCENE IV.

DE LA FORET, MONTDOR, M. DU HAZARD, Madame DU HAZARD, SILVIE, LA FLEUR, LISETTE.

Madame DU HASARD; à Montdor.

BON jour, mon cher ami, comment va la santé?
Vous ayant apperçu, fur le champ j'ai quitté
Le jeu que mon mari m'avoit fait entreprendre:
Toujours à fon devoir ne doit-on pas fe rendre?

M. DU HASARD.

Eh bien, Monfieur Montdor, c'eft donc là ce neveu?
Il veut fe marier & conclure dans peu;
C'eft un joli garçon, pour moi rien ne m'arrête,
Et l'on doit fans tarder terminer cette fête.

LA FORET.

Le récit qu'on m'a fait n'eft point à comparer
Aux plus charmans attraits que l'on doit admirer;
Sous la voûte des Cieux rien n'égale Silvie,
Je lui jure ma foi, c'eft pour toute ma vie.

Madame DU HAZARD.

Ce que vous temoignez ne vient que d'un bon cœur,
Et j'opine très-bien de votre vive ardeur;

Mais auſſi trouvez bon que je vous avertiſſe,
Il faut en contractant, qu'ici l'on réuniſſe
Le trouſſeau, les bijoux d'uſage en pareil cas,
Et pour fournir la dot, d'argent nous n'avons pas ;
Mais pour vous prévenir & calmer votre attente,
De ce que je promets l'on vous fera la rente :
Pour ſatisfa re à tout je cherche les moyens :
Décidez-vous, Monſieur, ſi cela vous conviens.

M. DU HAZARD.

Tout ce que l'on vous dit me paroît aſſez juſte ;
Quand ma femme a parlé, jamais je ne diſpute,
C'eſt à vous d'y penſer, & dire votre mot ;
Rencontrant la vertu, c'eſt la meilleure dot.

MONTDOR.

Allons, mon cher neveu, ce diſcours eſt ſincère,
Le propos qu'on vous tient me paroît ſans myſtère,
Sur tout ce que l'on fait vous êtes averti,
Vous pouvez à préſent prendre votre parti.

LA FORET.

Si je ne conſultois ici que le mérite,
Mon parti ſeroit pris, & je dirois bien vîte :
Concluons cet Hymen, & paſſons le contrat ;
Mais cet engagement paroît ſi délicat !

SILVIE.

J'approuve fort Monſieur dans ſa délicateſſe,
Et pour me marier je ne vois rien qui preſſe ;

N'êtes vous pas d'avis qu'on doit y réfléchir ?
Vous êtes trop poli pour n'y pas consentir.

LA FORET.

Sans cesse à vos désirs ma volonté soumise,
Attend tout de vos vœux, & rien de la surprise.

LISETTE.

Madame vous entend & ne vous dit pas non,
L'on vous ira chercher quand il y fera bon.

SCENE V.

DE LA FORET, LA FLEUR.

LA FLEUR.

Il n'y faut plus penſer, quant à moi j'en enrage,
J'aurois auſſi voulu tâter du mariage.
Liſette étoit mon fait, la même occaſion
Eût enrôlé mon cœur, & ſans ambition.

LA FORET.

Si tu comptes que c'eſt une affaire manquée,
Tu te trompes, mon cher, car en fait d'Hymenée,
Souvent on gagne gros pour un peu différer ;
C'eſt un parti prudent que de délibérer.

LA FLEUR.

Et moi je vous ſoutiens qu'avec votre prudence,
Vous ne ſerez rendu qu'après l'expérience.

SCÈNE VI.

LAFORET, LISETTE, LAFLEUR.

LISETTE.

L'ON ne peut rien gagner à refter en ce lieu,
Vous êtes régalé d'un éternel adieu.

LA FORET.

Le tems ramene tout, je crois que ta maîtreffe
Ne voit pas mon objet, ni qu'elle eft ma tendreffe;
Lorfqu'il s'agit d'Hymen, on loue l'attention
De prévoir l'avenir, fage précaution ?
La Fortune, l'Amour, vont fort de compagnie,
Et qui n'a pas de bien, mene une trifte vie.

(*Il fort fuivi de fon Valet.*)

SCÈNE VII.

LISETTE, *feule.*

QUAND je vois à des gens cet air fingulier,
Leur afpeét a toujours le don de m'ennuyer.
Croit-on gagner un cœur avec un tel langage?
C'eft l'Amour feul qui fait un heureux mariage.

De Monſieur la Forêt je conçois l'embarras.
Il doit être certain qu'il n'épouſera pas.
Mais j'apperçois Merlin, le Valet de Clitandre ;
Avec empreſſement il vient ici ſe rendre.

SCÈNE VIII.

MERLIN, LISETTE.

MERLIN.

DE te revoir ici je ſuis tout tranſporté ?
J'ai bien vu du Pays, depuis que j'ai quitté
Le ſéjour bienheureux de la plus grande Ville ?
Ce n'eſt, ma foi, qu'ici que le beau Sexe brille ;
Je vois que les années augmentent ta beauté,
J'en ai le cœur ravi, & je ſuis enchanté :
Mais il faut que tu ſonge à te mettre en ménage ;
Je veux un bon ſujet, c'eſt pour le mariage :
Si tu voulois de moi, je ſerois bien tou fait ;
Je te le dis tout franc, mon amour eſt parfait.

LISETTE.

Peſte, le beau diſcours, ſi l'on vouloit t'en croire,
Tu ſerois accompli, tout iroit à ta gloire ;
Mais je vais m'expliquer avec célérité,
C'eſt que je veux toujours garder ma liberté :
Ainſi n'y penſons plus, & parlons d'autre choſe ;
Sur un pareil ſujet, ſilence je t'impoſe.

MERLIN.

Laissons, pour un moment, tout ceci de côté,
Tu sçais de quelle ardeur Clitandre est tourmenté,
Et que pour obtenir l'objet le plus aimable,
Il s'en rapporte à toi, sois-lui donc favorable ;
Va, tu n'y perdras rien, si tu veux le servir,
De son cœur généreux l'on peut te garantir.

LISETTE.

Tu ne me connois pas, je n'ai point d'avarice,
Et si j'agis pour lui, ce n'est que le caprice
Qui m'engage à parler & servir son amour ;
A certain Champenois, je veux jouer un tour ;
C'est un nouveau venu qu'un vil intérêt guide,
Il s'est mis sur les rangs, & d'un air fort avide,
Sans sçavoir s'il convient, a voulu marchander,
S'agissant d'épouser, il croyoit hasarder,
A dit, qu'en fait d'amour, il faut qu'on délibère ;
Quand j'ai vu ce nigaud, la rage, la colère,
Me l'auroient volontiers, sans beaucoup m'effrayer,
Fait chasser à l'instant comme un aventurier.

MERLIN.

Va-t-en vîte chez toi, & dis à ta Maitresse,
Que mon Maître est ici, que jamais sa tendresse
Ne se ralentira ; qu'il est sage & discret,
Que lui plaire est son vœu ; qu'il n'a point d'autre objet.

SCENE IX.
MERLIN, *seul.*

SI ce trait réuffit, notre gloire eft complette,
L'on eſt fûr de fon fait, quand on a la Soubrette;
A juger fon difcours, elle y prend intérêt,
Elle entend le vrai mot, & c'eft ce qui m'en plaît.

SCENE X.
CLITANDRE, MERLIN.
CLITANDRE.

EH bien ! mon cher Merlin, que devient ma fortune ?
Ai-je lieu d'efpérer, & fans réferve aucune ?
Lifettte t'a-t-elle dit tout ce qu'elle penfoit ?
Je fçais, qu'en pareil cas, tu n'es pas mal-adroit ;
Cette fille peut tout, elle a la confidence
De l'aimable Silvie; mais ufons de prudence.
MERLIN.
Pour vous fervir . Monfieur, je n'ai rien négligé,
A fuivre vos defirs je m'étois engagé;
Lifette va venir avec votre Maitreffe;
Mais je vous avertis qu'un autre ici s'adreffe,

Pour

Pour contracter l'Hymen auquel vous aspirez ?
Ce n'est qu'un Campagnard , c'est vous en dire assez ;
Voyez son beau début, sans sçavoir si la Belle,
Sur le propos d'Hymen , seroit douce ou cruelle ;
Il parle d'intérêt de même qu'un idiot,
Peu curieux d'épouser , pourvû qu'il ait la dot.

CLITANDRE.

A ce trait d'intérêt , je vois que tu t'arrête ;
Cet article prévu ne vient pas d'une bête ,
J'aurois bien aussi la même intention ,
Si l'Amour n'étoit pas plus fort que la raison.
Mais j'ai divers sujers sur lesquels je me fie ;
Les grandes qualités que je sçais à Silvie,
Me la font mieux aimer que le plus beau trésor ;
Je ne veux que son cœur , je le préfere à l'or.

MERLIN.

Taisons-nous, j'appercois Silvie & sa suivante.

CLITANDRE.

Que je suis satisfait, que mon ame est contente !
Il faut nous éloigner à quelques pas d'ici ,
De ce qu'elles diront, je veux être éclairci.

SCÈNE XI.

CLITANDRE, MERLIN, *au fond du Théâtre.*
SILVIE, LISETTE.

L I S E T T E.

JE vous le dis tout net, Madame, il faut vous rendre,
Et fans plus differer vous unir à Clitandre :
Lorfque l'on m'entretient fur le Provincial,
Sur le champ mon efprit en augure du mal;
Son ton intéreffé, fon air infoutenable,
Vous feroient éprouver une vie miférable;
L'on devroit préférer un Amant, n'ayant rien,
A celui dont la loi n'eft d'aimer que le bien.

S I L V I E.

Je fuis de ton avis ; mais tu fçais ma trifteffe,
Et que de mon bonheur je ne fuis pas maitreffe;
Qui peut perfuader ce fait à mes parens ?

C L I T A N D R E.

C'eft moi, belle Silvie, & fous très-peu de tems.

S I L V I E.

Ah ! je n'y puis tenir, & je fuis toute émue,
Retirez-vous, Monfieur, ôtez-vous de ma vue,
Jamais je n'oublierai votre indifcrétion.

CLITANDRE.

Aurois - je mérité votre indignation?
Lorſque vous me voyez uſer de ſtratagême,
Pour prévenir vos vœux ma penſée eſt la même
Que celle qui vous vient ; faites tout mon bonheur,
N'ayez aucun courroux , rendez - moi votre cœur.

(*Il ſe jette , avec Merlin & Liſette , aux genoux
de Silvie.*)

SCENE XII.

Madame DU HAZARD, CLITANDRE, SILVIE, MERLIN, LISETTE.

Madame DU HAZARD.

AH ! ah ! je vous y prends, ma belle Demoiselle !
Pour le choix d'un Amant, vous êtes très-fidelle
Mais je veux y mettre ordre avant la fin du jour,
Je sçaurai comme il faut corriger votre amour.

SILVIE.

Oüi, mais quand vous saurez que c'est une surprise,
Que mon cœur désavoue une telle entreprise,
L'on vous verra bientôt calmer votre courroux,
Et prendre à mon égard un ton beaucoup plus doux.

LISETTE.

En effet, à quoi sert cette grande colère ?
Monsieur est survenu, nous ne l'attendions guère,
Et voulant de Silvie avoir le libre aveu,
Afin d'y parvenir il se met tout en feu,
Il fait de grands sermens qui ne font que chimère,
Des hommes d'aujourd'hui, il peint le caractère :
Ainsi sur tout cela, pourquoi se récrier ?
De ces jolis Messieurs je verrois un millier,

Que jamais leurs desseins ni toute leur science ,
Ne mettroient en défaut ma sage prévoyance.

CLITANDRE.

Madame , n'imputez l'excès de mon amour ,
Qu'aux charmes de Silvie. L'on m'a dit qu'en ce jour ,
Un autre veut l'avoir , que vous l'avez promise :
Un tel événement ma démarche autorise
De la venir trouver si j'avois différé ,
Au plus grand désespoir je me voyois livré.

MERLIN.

Pourroit-on balancer , pour dire que mon Maître
Est conduit par le cœur ? Il le fait bien connoître ;
L'autre n'est qu'un brutal , & dont l'ambition
Ne fait avoir pour lui que de l'aversion ;
On peut le mépriser sans être téméraire :
Finissez avec nous, vous ne pouvez mieux faire.

Madame DU HAZARD.

Il faut voir mon mari , l'instruire de ceci ,
Je ne le crois pas loin , il va venir ici :
Sur toutes vos raisons , je commence à me rendre ,
Ce sont les sentimens qui font agir Clitandre.

SCENE XIII.

M. & Madame DU HAZARD, CLITANDRE, SILVIE, MERLIN, LISETTE.

M. DU HAZARD.

VOus mettez au difcours tant d'agitation,
Qu'on entend de très -loin la converfation ;
S'agiroit -il ici de quelque grande affaire ?
Le bruit que l'on y fait eft extraordinaire.

Madame DU HAZARD.

Vous venez à propos : il faut que vous fachiez
Que l'on y fait l'amour fans nous avoir conviés ;
Quand je fuis arrivée , jugez de la folie,
Je les ai trouvés tous aux genoux de Silvie :
Clitandre lui faifoit des proteftations,
Qui ne font conftamment que des illufions.
L'on écoutoit très -fort un auffi doux langage.

M. DU HAZARD.

Pour rallentir leurs feux , il faut le mariage :
J'y confens de bon cœur, qu'on dreffe le contrat,
Auffi -bien l'autre Amant ne me paroît qu'un fat :
Clitandre me convient, je connois fa famille,
Je le fçais allié aux premiers de la Ville :

Que l'on m'aille chercher le Notaire Griffon,
Il demeure ici près, c'eſt l'aîné de ce nom.

CLITANDRE.

A vos bons ſentimens, comment puis-je répondre?

SILVIE.

Votre cœur généreux a de quoi me confondre.

M. DU HAZARD.

Je ſuis expéditif, il faut aller au fait:
Je voudrois te marquer encore un plus beau trait:
Il faudra des bijoux que nous faſſions emplette,
D'autres ajuſtemens, proviſion complette;
Madame du Hazard, faites dire aux Marchands,
De ſe trouver ici, & qu'ils ſoient diligens:
Nous allons avancer, car voilà le Notaire.

SCENE XIV.

M. & Madame DU HAZARD, CLITANDRE, SILVIE, MERLIN, LISETTE, GRIFFON.

M. DU HAZARD.

BONJOUR, Monſieur Griffon : il s'agit d'une affaire
Tres-ſerieuſe entre nous, d'un lien conjugal ;
Faites donc le contrat, ſur-tout qu'il ſoit légal.

*(Il lui préſente un papier ſur lequel les noms & qualités
ſont ecrus, & le Notaire dreſſe le contrat.)*

(On frappe à la porte de M. du Hazard.)

M. DU HAZARD.

Allez donc voir qui c'eſt, car je crois que l'on frappe.

LISETTE, *(bas à M. du Hazard.)*

C'eſt Monſieur la Forêt qui vient mordre à la grappe.

SCENE XV.

Monſieur & Madame D U H A Z A D,
C L I T A N D R E, S I L V I E,
L I S E T T E, M E R L I N, G R I F F O N,
L A F O R E T.

LA FORET.

MON parti eſt tout pris, Monſieur prend-il le ſien?
Je viens pour terminer, ne différons plus rien.

M. DU HAZARD.

Voilà Monſieur Griffon, parlons de cetre affaire.

LA FORET.

Ce nom eſt analogue à celui de Notaire.

GRIFFON.

Je ne voudrois jamais ſortir de mon état ;
L'on ne peut s'oublier ſans paſſer pour un fat.

LA FORET.

Eh bien ! Monſieur Griffon, recevez ce ſalaire.

GRIFFON.

Soupçonneriez-vous donc mon ame mercenaire ?
Le moindre petit gain me contente toujours.

LA FORET.

Jamais Tabellion n'a tenu ce diſcours ;
Mais voilà des Marchands de Bijoux & de Modes.

SCENE XVI.

M. & Madame DU HAZARD, CLITANDRE, SILVIE, MERLIN, LISETTE, GRIFFON, LA FORET, MARTEAU, Orfévre. LA NOUVEAUTÉ, Marchande de Modes.

LA FORET.

Il n'eſt dans l'Univers de Villes ſi commodes :
L'on a pour de l'argent ici ce que l'on veut.
Des gens de tous états pour moi je crois qu'il pleut.

GRIFFON.

Voici donc le contrat, il faut que je le liſe.
Souvent en écrivant l'on fait quelque mépriſe.
Taiſez-vous, je vous prie, ſilence, écoutez-moi.
Faites attention, des Futurs c'eſt la loi :
Fut préſent devant nous Pierre-Jean-Louis Clitandre.

LA FORET,

Vous ne liſez pas bien : que viens-je donc d'entendre ?

GRIFFON.

C'eſt, parbleu, bien le nom que l'on vient de donner.

LISETTE, (*à la Forêt.*)

Quoi, diable, venez-vous ici nous jargonner,

Que vous êtes tout prêt à finir cette affaire ?
L'on ne veut point de vous , la réponse est très-claire :
Il s'agit de Monsieur , & voici son contrat ,
C'est son engagement , quoique fort délicat ;
Il agit de bon cœur , c'est tout ce qu'on exige :
A nous laisser en paix , tout ceci vous oblige.

LA FORET.

Devois - je présumer un pareil procédé ?
Par un très — bon motif je m'étois décidé ;
Ne voyant aucun bien au pere de Silvie ,
L'aimer , l'avantager , formoient ma seule envie ,
Et contre votre dessein , si je vois disposer ,
D'en dire le sujet , je ne puis balancer :
Le goût de ce pays n'a rien que de futile ,
En desirs superflus l'on est toujours fertile ,
De tout ce que je vois , au lieu d'être affligé ,
J'accepte avec plaisir mon bienheureux congé.

(Il sort.)

SCENE XVII.

M. & Madame DU HAZARD, CLITANDRE, SILVIE, MERLIN, LISETTE, MARTEAU, Orphévre, LA NOUVEAUTÉ, Marchande de Modes.

M. DU HAZARD.

J'APPERÇOIS à ce trait quelle est sa jalousie,
Le voilà décampé, j'en ai l'ame ravie,
Mais voyons les bijoux que l'on vient d'apporter.

L'ORPHÉVRE, (*parlant à Silvie.*)

Vous trouverez ici de quoi vous contenter ;
Des colliers, bracelets, belles boucles d'oreilles.

LA NOUVEAUTÉ.

Voilà de très-beaux nœuds, ils iront à merveilles.

Madame DU HAZARD.

Laissez-nous, je vous prie, tous ces ajustemens ;
De les examiner nous n'avons pas le tems :
Vous remarquerez bien ici notre demeure,
Nous avons à parler, repassez dans une heure.

(Les Marchands sortent.)

Madame DU HAZARD.

Je crois appercevoir notre ami l'Escompteur.

SCENE XVIII.

M. & Madame DU HAZARD, CLITANDRE, SILVIE, MERLIN, LISETTE, M. L'ESCOMPTEUR.

Madame DU HAZARD.

Lorsqu'on vous voit ici c'eſt un très-grand bonheur.

L'ESCOMPTEUR.

Madame, ayant appris le futur mariage,
L'agrément de vous voir m'eſt un double avantage :
De vous féliciter que l'on a de plaiſir !
Je ſalue les Futurs, ils ſont faits à ravir ;
Il faut complimenter un ſi bel Hymenée,
L'on doit attendre d'eux une prompte lignée ;
Mais voici vos Marchands ; ils ont l'air en courroux,
Etant fort échauffés, on diroit qu'ils ſont foux.

SCENE XIX ET DERNIERE.

M. & Madame DU HAZARD, CLITANDRE, SILVIE, MERLIN, LISETTE, M. L'ESCOMPTEUR, LES MARCHANDS.

L'ORPHÉVRE.

JE trouve singulier, bien extraordinaire,
Qu'on prenne mes Bijoux, c'est être téméraire ;
Je ne sors pas d'ici sans avoir mon argent,
Et je veux mes effets ou qu'on paye comptant.

LA NOUVEAUTE.

En nous traitant ainsi c'est user de surprise,
Quand on n'a pas de quoi payer la marchandise.

Madame DU HAZARD.

C'est un tour apprêté par Monsieur la Foret.
Vous nous accorderez quelques tems , s'il vous plaît.

L'ORFEVRE.

Je le voudrois assez, mais il m'est impossible.

L'ESCOMPTEUR.

Pour de très-bons Marchands , ce trait paroît horrible.
Vous me connoissez bien, du tout je suis caution.

L'ORFÉVRE & LA NOUVEAUTÉ.

Adieu, l'on eſt à vous en toute occaſion.

L'ESCOMPTEUR.

Chacun paroît content, il faut que l'on s'apprête
A le bien réjouir, & célébrer la Fête.

FIN.

J'Ai lû, par ordre de M. le Lieutenant-Général de Police, *le Mariage à la Mode*, Comédie en un Acte, & en Vers ; & je n'y ai rien trouvé qui m'ait paru devoir en empêcher ni la réimpreſſion , ni la repréſentation. A Paris , ce deux Mars mil ſept cent ſoixante-quinze. *Signé* CRÉBILLON.

Vu l'Approbation , permis de repréſenter & imprimer , ce 3 Mars 1775. *Signé* LE NOIR.

De l'Imprimerie de CAILLEAU, rue Saint-Severin.

VAUDEVILLE du Mariage à la Mode
Par M. Fardeau

Air de celui des Paniers Comedie de Le Grand.

Mr du Hazard.

l'on vous quit-te.

2ᵉ C.

Madame du Hazard

Faut-il gloser à chaque instant
Contre les rubans et parures
Le trait satirique et mordant
Fait la guerre aux grandes frisures
Tôt ou tard avec ces reseaux
L'on prend ceux qui font les rebelles
Et ce sont les tours les plus beaux
Que jouent toutes les belles.

3ᵉ C.

Clitandre

L'on est heureux de bien choisir
Sans s'attacher à l'elegance
Il est aisé de reussir
En se fixant à la decence
Le grand art est de distinguer
Laissons la coquette et la prude
De briller ou nous haranguer
C'est leur unique étude.

4ᵉ C.

Silvie

Des parens la sévérité
N'est pas ce qui garde leur fille
C'est une honête liberté
Et non le Ferroul ni la grille
Leur bon exemple vaut bien mieux
Que s'ils la tenoient à la gêne
Qui de l'honneur est envieux
Ne peut causer de peine.

5ᵉ. C.

Merlin

Nous voyons quantité de gens
Ambitieux suivant l'usage
Qui par les plus rares talens
Font reüssir un mariage
Sans etre à l'avarice enclin
Mais plein de zele en vers son maitre
A ces traits l'on dit c'est merlin
Peut-on le méconoitre .

6ᵉ. C.

Lisette

Un Galant qui se dit parfait
Facilement s'en fait accroire
Tient le seve pour satisfait
Ce n'est en lui que vaine gloire
Etre doux, soumis, et poli
N'avoir de guides que les graces
Voila pour se rendre accompli
Des moyens efficaces .

7ᵉ. C.

M. Marteau

Tous les jours chez le Bijoutier
L'on voit certaines Demoiselles
Des deniers d'autrui bien payer
Diamans et de bonnes Vaisselies
Est-il un plus bel agrement
Au besoin c'est une ressource
Avec un pareil ornement
L'on peut remplir sa bourse .

8.e C.

Madame la Nouveauté

Autre-fois pour l'ajustement
L'on suivoit la simple nature
Mais chacun agit autrement
Il faut faire une autre figure
Le gout de la diversité
Fait mon profit il m'accomode
Sans cesse de la nouveauté
C'est la bonne methode .

9.e C.

M. l'Escompteur au Public

Sur la Scene j'arrive tard
S'agit-il de m'i rendre utile
Mes interrets sont à l'ecart
A mon coeur rien n'est si facile
Pour jouir d'un parfait bonheur
Je désire un autre avantage
C'est de parvenir à l'honneur
D'avoir votre sufrage .

Lu et Aprouve A Paris le 17 Fevrier 1779
Signé SUARD .
Vu l'aprobation permis d'imprimer A Paris le 22 Fevrier 1779
Signé LE NOIR .
A PARIS Chez M. Foi Professeur et M.^d de Musique rue St Honoré
entre la Rue Trochape et celle des Bourdonnois
Et Chez l'Auteur Rue St Martin vis a-vis celle des Ménétriers .